Engel

weitere Bücher der Autorin:

"Lichtzeichen"
(Pichler-Verlag, ISBN 3 901087 43 5)

"Reiki - ein Weg in die Ganzheit des Lebens"
(Pichler-Verlag,, ISBN 3 901087 52 4)

Layout: POSS Verlag, Wien; 2002
Druck: Service4You, Wien
ISBN 3-9500561-5-7

Engel

Gedichte
von Eva Lovrek

Inhaltsverzeichnis

Vorwort

Eigenschaften, die im Menschen erst im Entwicklungsstadium vorhanden sind, werden durch Engel in Vollkommenheit repräsentiert. Durch die Auseinandersetzung mit diesen lichten, hochschwingenden Energiewesen, die frei von Negativität sind, erhöhen wir unsere eigene Schwingung. Das hilft uns, unsere positiven geistigen Anlagen und Fähigkeiten zu entfalten, und alles, was uns an dieser Entfaltung hindert, loszulassen.

Sobald wir uns den Engelenergien öffnen, werden wir gelassener, toleranter und zufriedener leben. Wenn wir erkennen, daß wir mit unseren Sinnen nur einen begrenzten Ausschnitt der Realität wahrnehmen, können wir durch die Akzeptanz der Engel unsere Wahrnehmung bereichern. Sie kommunizieren mit uns durch plötzliche Eingebungen, durch Intuitionen, erwecken in uns kreative Fähigkeiten und wirken immer im Sinne der geistigen Entfaltung. Das kann zu einer beschleunigten spirituellen Entwicklung und Erweiterung des Bewußtseins führen und hilft uns, hinter der sichtbaren Welt das unsichtbare, erschaffende Prinzip der Schöpfung zu erkennen.

Engel lehren uns, die Ursache der sichtbaren Materie zu verstehen. Sie sind die Boten dieser geistigen Welt der Ursachen und verbinden diese mit der Welt der Wirkungen, in der wir leben.

Bleiben wir offen für das geistige Licht, das Engel in unser Leben bringen, so können wir auch das Licht in unseren Herzen deutlicher fühlen - und je mehr wir unser Licht zum eigenen Wohle und zum Besten der ganzen Schöpfung leuchten lassen, desto mehr dürfen wir das Licht der Engel erfahren.

**Das äußere Licht
läßt uns die Vielfalt
der Formen erkennen,**

**das innere Licht
offenbart uns
ihr geistiges Wesen.**

Engel,

Sonnenengel

Du bist die wärmende Sonne
in meinem Herzen.
Dein Strahlen läßt mich leuchten
wie ein ewiges Licht!

Was immer auch geschieht,
wo immer ich auch bin.

Versinken in den Flammen des Engels der Sonne,
die läutern, ohne zu verbrennen,
die gefangen nehmen
und dennoch befreien!

frei von Erdenschwere,

Engel des Erwachens

Sternenglanz der Nächte,
unwirklich fern und nah zugleich.

Wo bin ich ?
Erwacht in deinem schimmernden Reich,
wo das Licht geboren wird,
jetzt und ewig,
genährt von vollkommener Liebe.

Wo bin ich ?
Erwacht in einem göttlichen Gedanken,
wo Galaxien tanzen durch kosmische Weiten,
zeitlos kreisend,
jetzt und ewig,
bewegt von vollkommener Liebe.

dem Himmel nah'.

Engel des Morgens

Morgenglanz -
täglich neu und voller Hoffnung.

Morgenglanz -
unbefleckter Tag voller Möglichkeiten.

Engel des Morgens -
schöpfst aus Unerschaffenem
das Wunder des neuen Tages,
wieder,
immer wieder
den Traum des vollkommenen Tages,
der der Zerstörung entgehen will.

Engel,

Engel der Schönheit

Unscheinbarer Engel ohne äußere Pracht -
das Leuchten ist in dir - golden schimmernd
durchlichtet es die dunkelste Nacht.

Unscheinbarer Engel ohne äußere Pracht -
Engel der Schönheit -
wen dein inneres Lächeln berührt, der erwacht!

der Vollkommenheit nah',

Engel der Freude

Du segnest die Kinder ...
Freude - ursprünglich, überschäumend, lachend!

Du segnest die Liebenden ...
Freude - Mensch zu sein
und Göttliches zu berühren.

Du segnest die Dankbaren ...
Freude - am Leben zu sein,
die Schönheit der Schöpfung zu erfahren,
zu atmen, zu fühlen, zu sein!

Engel der Freude, bereichere unser Leben!

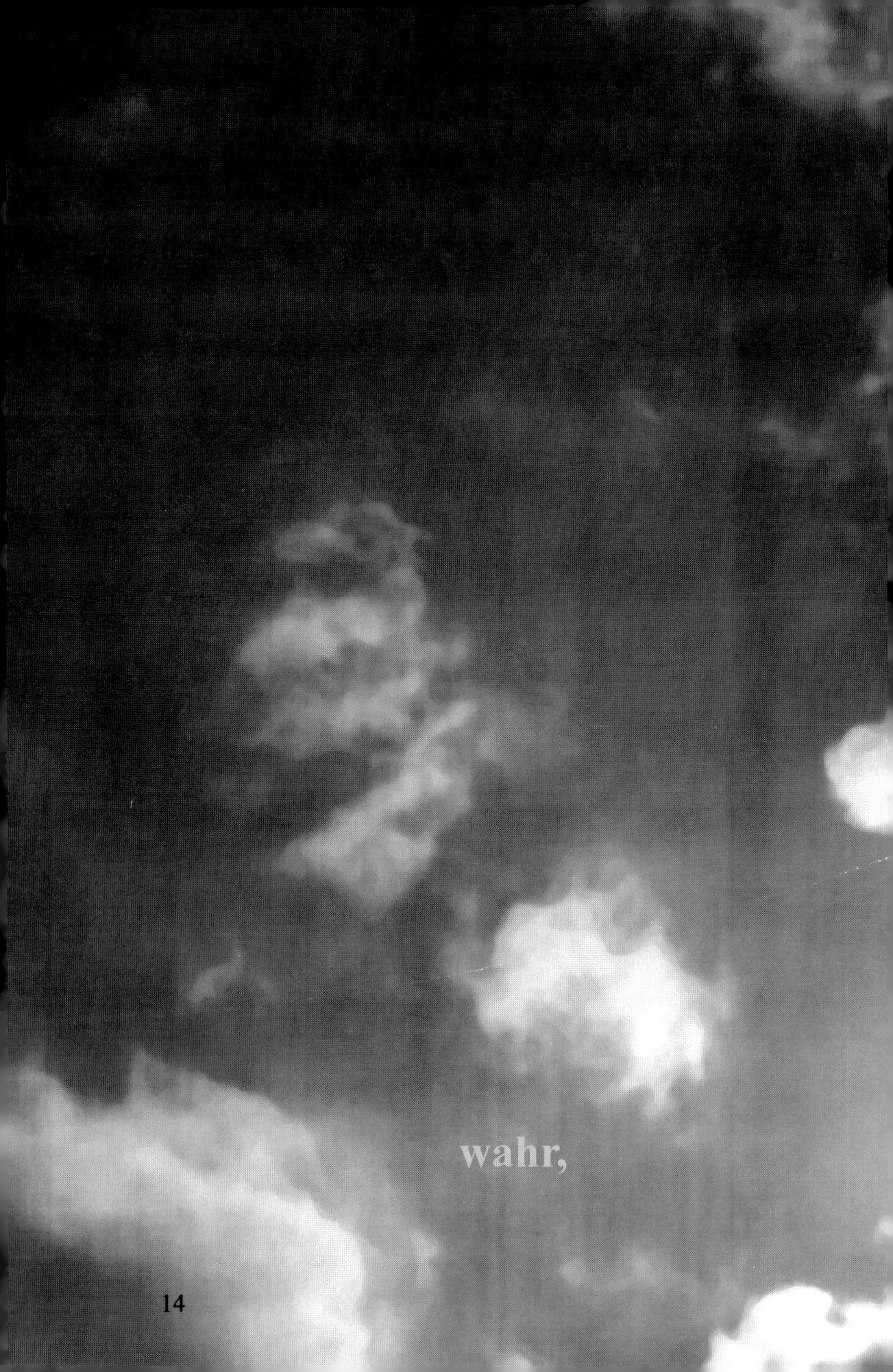

wahr,

Engel der Leichtigkeit

Schwebend,
wolkenweiß,
himmelsnah -

zartes Flirren hüllt uns ein,
läßt uns einfach sein,
schenkt uns einen Augenblick voll Glück.

Erdenschwer geworden
bleibt ein leiser Engelshauch
in unseren Seelen zurück.

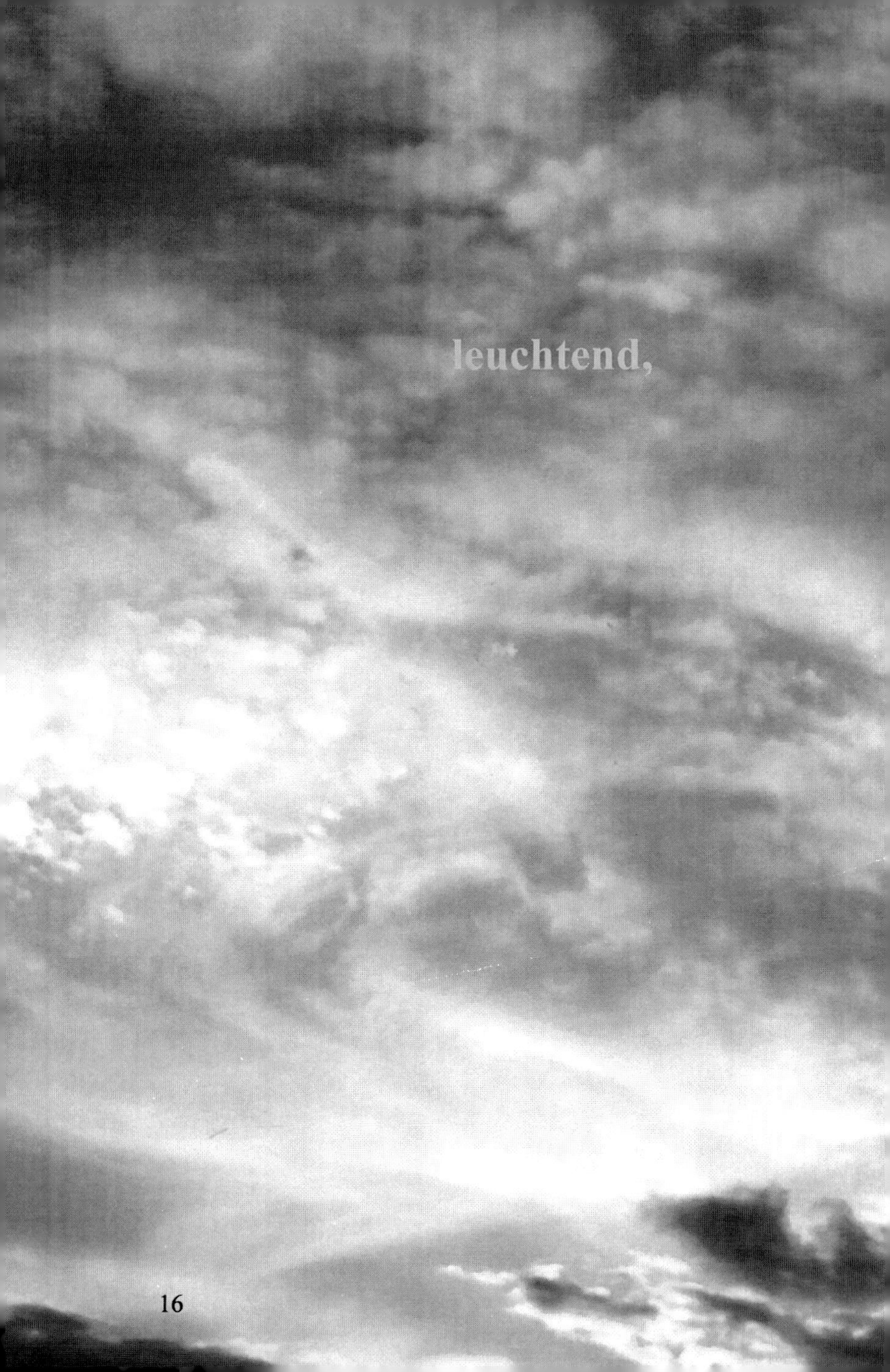

leuchtend,

Engelslicht

Dort
träumt das Licht,
daß es hell werde in den Menschenseelen.

Dort
träumt die Liebe,
daß sie groß werde in den Menschenherzen.

Dort,
wo die Träume wach sind - und licht.

schattenlos,

Engel der Harmonie

Yin und Yang im Einklang,
kein falscher Ton, nur reine Melodie.

Yin und Yang,
vereint in wahrer Harmonie.

Gottes Licht und Gottes Klang
bringt uns - wunderbarer Engel -
dein inneres Leuchten und dein klarer Gesang!

klar,

Berührung eines Engels

Engelsberührung,
so zart, so fein,
und doch verändernd, erweckend.

So zart, so fein,
läßt du einen Strahl aus lebendigem Licht
tief in erwachende Seelen ein.

rein.

Begegnung mit einem Engel

Augen,
so tief und klar wie Bergseen -
kristallklar ...

Ein Mund,
so still und wahr wie Morgenlicht -
kristallklar ...

Ein Wehen, zart und weit,
kristallklares Liebeslicht,
das alles Gefangene befreit!

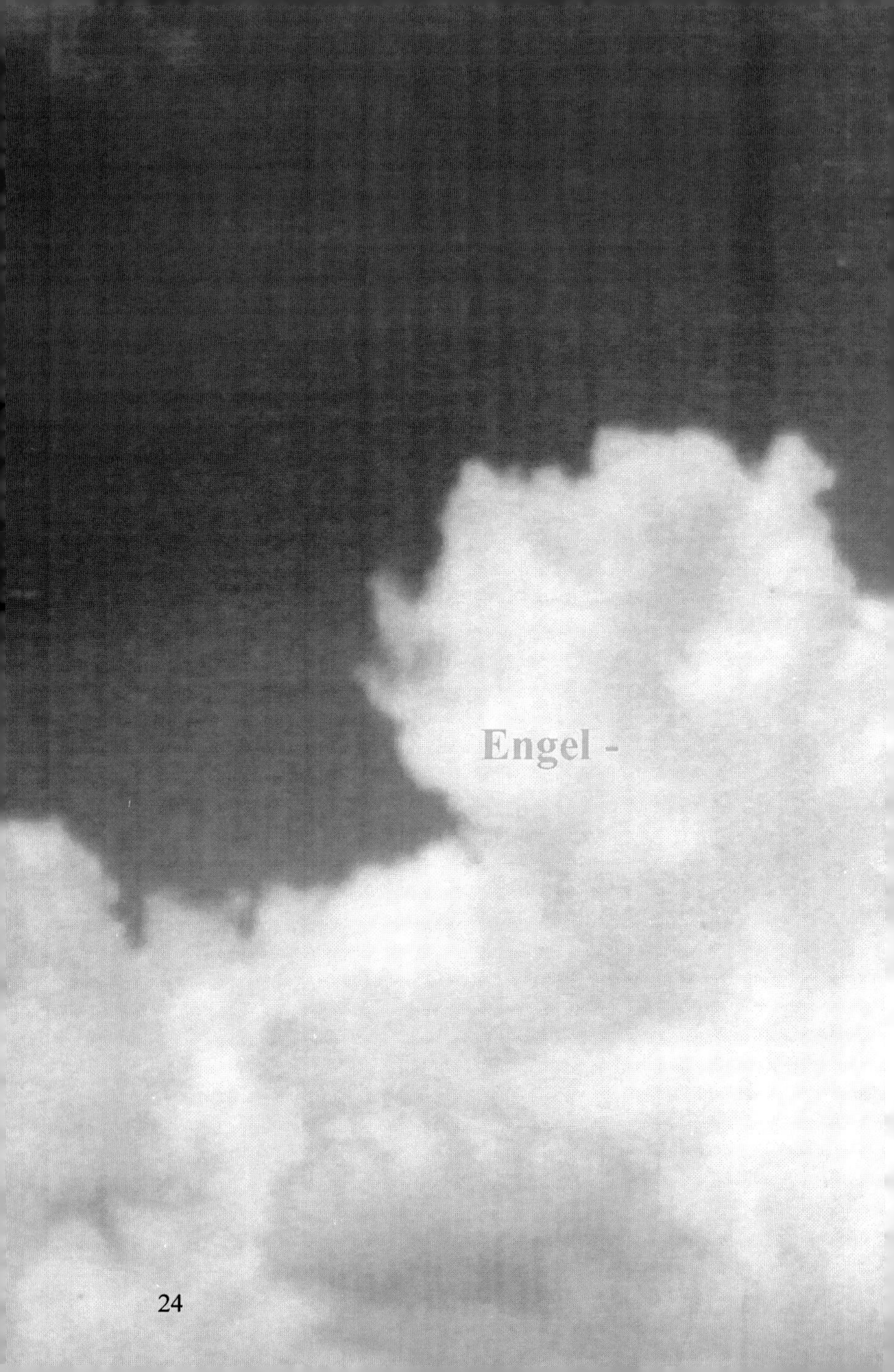

Engel -

Welt der Engel

Lichte Weiten
voller Farben, vollerKlänge -

transparente Schönheit, sichtbar, hörbar,
doch nicht faßbar, nicht erklärbar.

Lichte Weiten aus zartem feinem Gewebe,
verletzbar und doch wahrhaft unzerstörbar!

Himmelsboten

Engel der Bejahung

Das JA zum Licht
läßt die Dunkelheit erzittern.

Das JA zum Leben
läßt den Tod ersterben.

Das JA zur Liebe
läßt alle Wunden heilen
und zündet ein Licht in den Herzen an,
das nie mehr erlischt!

bezeugen
das Ewige

Engel der Stärke

Stärke mich,
damit ich der Macht widerstehe.

Stärke mich,
damit ich nicht ohnmächtig werde.

Hülle mich in dein schützendes blaues Licht!

Stärke mich mit deiner Klarheit,
sodaß ich das lebe, was ich bin
und meine eigene Wahrheit nicht fürchte!

hinter dem
Vergänglichen,

Engel des Glaubens

Zart und fein
sehe ich dich im gleißenden Licht!

Aus dir strömt die geistige Kraft,
die Berge versetzt und Wunder erschafft!

In deiner Nähe verschwinden alle Zweifel,
verschmelzen alle Leben und Tode,
vereinen sich Freude und Leid.

In deiner Nähe fühle ich -
alles Leben ist gottgeweiht!

das Bleibende

Engel der Liebe

Du weißt, was Liebe wirklich ist -
es ist in deinem Blick,
es ist in deinem Schweigen,
es ist in deinem Strahlen -
das Wissende,
die leuchtende Weisheit der Liebe.

Du weißt, was Liebe wirklich ist -
sie leuchtet aus dir
und durchlichtet die Schöpfung
mit unbesiegbarem Glanz!

hinter dem
Wechselhaften,

Chor der Engel

Ferne Klänge, Engelsgesänge -
Zeit wird still, fern wird nah!
Süße Töne, berührend zart,
nur Liebe ist da und Gegenwart.

Ferne Klänge, Engelsgesänge,
so rein und klar,
ihr taucht in mich ein
und seid in mir wahr.

Leises Verklingen, entschwebendes Glück,
vergehend, verwehend,
laßt ihr ein Singen in mir zurück.

das Ruhende

Engel der Verwandlung

Groß bist du und mächtig,
das violette Feuer strömt aus deinen Händen.
Wen du berührst mit magischem Licht, wird
verwandelt,
veredelt,
vergeistigt -
und beginnt durch deine Gnade
ein neues, tieferes Leben!

hinter dem Bewegten,

Engel des Neubeginns

Zart schimmernd wie die Morgenröte
löst du lächelnd Verstrickungen,
die durch die Jahrhunderte reichen.

Zart schimmernd wie die Morgenröte
löst du lächelnd tausend Fäden
durch die Kraft der Vergebung
und die Weisheit deines liebenden Herzens.

Schaffst Platz für das Neue,
das aufblühen, wachsen, reifen
und Früchte tragen will!

das Wirkliche,
alles Bewirkende,

Engel der Stille

Vollkommene Stille -
nur hellwache Sinne spüren die Tiefe
in sich ruhender, unerschaffener Fülle!

Tauche ein in das Meer der Stille,
bist kein Tropfen mehr, kein Ich, kein Du,
nur reines Sein.

Da und auch dort,
es gibt keinen Ort,
nur ein Versinken im Allein.

das Erschaffende

Engel der Dankbarkeit

Danke
für alle Leben -
in vielen Formen, in vielen Zeiten.

Danke
für alle Erfahrungen,
die meine Seele wachsen und reifen lassen.

Danke
für alle Gelegenheiten,
die Freuden, die Leiden,
durch die wir Menschen lernen,
bedingungsloser zu lieben.

hinter der Schöpfung,

An einen Schutzengel

Du
zündest eine Flamme an
in meinem Herzen,
die mir den Weg zeigt,
auch in tiefster Dunkelheit.

Du
zündest eine Flamme an
in meinem Herzen,
die mich wärmt,
auch in eisiger Kälte.

Du
zündest eine Flamme an
in mir
und hältst deine schüzenden Hände davor,
damit sie nie erlischt.

die Einheit

Engel der Vergebung

Du sendest Vergebung
aus der Mitte deines Herzens
in die Welt,
die nach dieser Gabe schreit.

Du sendest die Kraft des Loslassens
aus der Mitte deines Herzens
in die Welt,
die nach Erlösung schreit.

Vergebung -
das Geschenk der wissenden Liebe,
die der Unwissenheit vergibt.

hinter der Vielfalt.

Engel der Barmherzigkeit

Du beugst dich nieder,
um die Schwachen zu stützen.

Du machst dich sichtbar,
um die Sterbenden zu trösten
und sie in die geistige Welt zu führen.

Du blickst in die Augen der Leidenden,
der Sehnsüchtigen, der Trauernden -
- und blickst in die Augen Gottes!

Boten der Hoffnung

Engel der Demut

Bescheiden
versteckst du deine Schönheit
und deine Stärke.

Scheu
verbirgst du dein Gesicht.

Doch deine lichten Augen
blicken entrückt,
weil sie die geistigen Welten sehen,
blicken entzückt,
weil sie die tiefe Liebe,
die alles verbindet, erkennen.

Engel der Demut,
stärke unseren Mut,
uns furchtlos und frei aufzurichten,
damit wir den Himmel über uns
in uns selbst erfahren dürfen.

Engel,

Engel des geistigen Wachstums

Alles wächst hin zum Licht.
Alles strebt hin
zur Schönheit,
zur Harmonie,
zur Vollendung.

Alles wächst hin zum Licht,
das Himmel und Erde verbindet,
genährt von unendlicher Liebe.

Alles was ist,
bezeugt die eine erschaffende, geistige Kraft.
Vielfalt strömt aus der Einheit,
um gereift und erkennend geworden
wieder in sie heimzukehren.

Boten der Weisheit,

Der Engel des Friedens spricht ...

Nur in dir
kann der Friede,
den du überall suchst, beginnen -
in deinem Bewußtsein.

Nur in dir
kann die Liebe,
nach der du dich sehnst, wachsen -
in deinem Herzen.

Nur du
kannst den Krieg beenden,
der in dir ist, und Frieden finden -
in deiner göttlichen Mitte.

Boten des Glaubens,

Engel des Loslassens

Wenn die Zeit reif ist
und die Blätter fallen wollen,
lasse los und halte nichts fest,
was bereit ist zur Verwandlung.

Lasse los,
erlaube ein Ende
und damit einen Neubeginn.

Wenn die Zeit kommt,
und die Blätter fallen wollen,
sei bereit, Freiheit zu geben
und selbst frei zu werden.

Boten der Liebe.

Engel der Trauer

Wunderschön bist du -
legst deinen weiten Mantel um die Frierenden
und wärmst sie in der Kälte.
Tröstest die Trauernden,
trocknest Tränen,
beschenkst uns mit der Ahnung,
daß Tod nur trennt, um wieder zu vereinen.
Kennst Menschenglück und Menschenleid -
Engel der Trauer, begleite unser Weinen!

Engel,

Engel der Dunkelheit

Dunkler Engel,
sehnst dich nach dem Licht,
nach der Liebe, die alles verzeiht.

Dunkler Engel
kehre um, verwandle mit deiner ganzen Kraft
Hass in Liebe,
Leid in Freude!
Verwandle mit deiner ganzen Leidenschaft
dich selbst!

Kehre um und spüre das geistige Feuer,
das dich zum lichtesten aller Engel macht.

Lichtwesen,

Todesengel

Engel der Höhe, Engel der Tiefe,
du läßt uns fühlen was ist.

Wir trinken die Becher, die süßen, die herben,
leeren sie bis auf den Grund.

Wir fühlen das Leben, begreifen das Sterben
und treffen den Engel, der hoch ist und licht.

Er ist uns immer nahe,
doch fürchtet ihn nicht!

Boten des
ewigen Lebens.

Engel des Lichtes

Höchster Engel -
gottesnah, gleißend, strahlend -
siegst über das Trugbild der Dunkelheit!

Fegst die Schatten des Todes hinweg.

Höchster Engel -
gottesnah,
du bist zeitlos ewig,
du bist wahr!